心の中にもっている問題

詩人の父から子どもたちへの45篇の詩

長田弘

晶文社

ブックデザイン　平野甲賀

心の中にもっている問題　目次

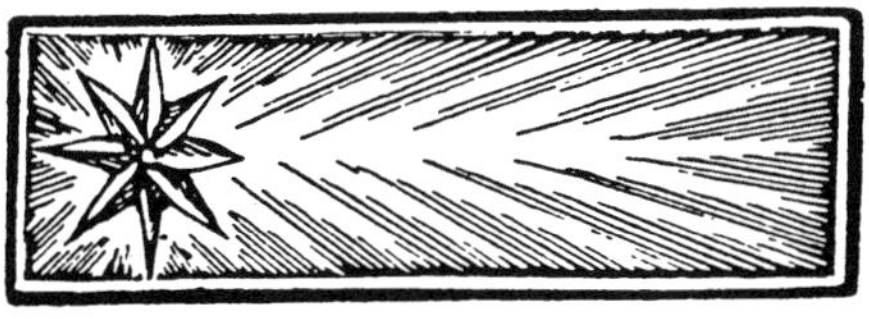

どんなむしがいるかな

ひとつ　ひねむし
ふたつ　ふくれむし
みっつ　みえぼうむし
よっつ　よわむし
いつつ　いばりむし
むっつ　むずかりむし
ななつ　なきむし
やっつ　やっぱり　わすれむし
ここのつ　ここにも

とう　どこにでも
むしが　いるぞ
まだまだ　いるぞ
だれの　むしだ？
きみの　むしだぞ
おこっちゃ　だめだぞ
あいうえ　おこると
かきくけ　こまるぞ
さしすせ　そんだぞ
たちつて　ターボー
たちつて　ほんと
なにぬねの　だぞ
はまやら　らんぼう

しないって　やくそく
ゆびきり　げんまん
わらって　ンだぞ

ねむりのもりのはなし

いまはむかし　あるところに
あべこべの　くにがあったんだ
はれたひは　どしゃぶりで
あめのひは　からりとはれていた

そらには　きのねっこ
つちのなかに　ほし
とおくは　とってもちかくって
ちかくが　とってもとおかった

うつくしいものが　みにくい
みにくいものが　うつくしい
わらうときには　おこるんだ
おこるときには　わらうんだ

みるときは　めをつぶる
めをあけても　なにもみえない
あたまは　じめんにくっつけて
あしで　かんがえなくちゃいけない

きのない　もりでは
はねをなくした　てんしを

てんしをなくした　はねが
さがしていた

はなが　さけんでいた
ひとは　だまっていた
ことばに　いみがなかった
いみには　ことばがなかった

つよいのは　もろい
もろいのが　つよい
ただしいは　まちがっていて
まちがいが　ただしかった

うそが　ほんとのことで
ほんとのことが　うそだった
あべこべの　くにがあったんだ
いまはむかし　あるところに

七つのまちがい

1　ちっちゃな男の話

ちっちゃな男は
ちっちゃかった
だって
おおきくなかったんだ
ちっちゃな男は

2　ばかの村のえらいひとの話

ばかの村がありまして
えらいひとがおりまして
ばかといっしょにゃいられない
てんで首をくくった
えらい話だ
まったくの話が

3　ドロボーの話

ドロボーにはいられた
留守のあいだに
よそにドロボーにはいってた
そのあいだに
くそッ
ドロボーは誰だ？

4　きみの話

きみはきみだ
きみは言った

ぼくがきみのきみなら
ぼくのきみはきみだぜ

ぼくは言った
きみはきみだ

5　女の子の話

よい子のときは
とてもよい子で
悪い子のときは
とても悪い子

嘘だ、そんなの
わたしはわたし
よい子でも
悪い子でもない

6　からっぽの皿の話

もう太りたくない
でぶは、何一ついらなかった
もっともっと太りたい
やせは、何でも食べつくした
からっぽの二つの皿
でぶの皿とやせの皿

7　れきしの話

世界は紙っぱし。
海はインクで、
木が鉛筆。

ことごとに
ことごとしいことば。
戦争が消しゴム。

い、い、
れきしってやつ、
それが？

飲み食いの話はなし？

うわあ、
ドタマ掻きむしりたくなる
一千回。

アイということば

アイ
ひとが最初におぼえることば
アイ
にほんごのはじまりのことば
アイ
ぼくやわたしをいうえいごのことば

アイ
おたがいをいみする漢字

アイ
ひとりとひとりのあいだのことば

アイ
愛ということば

アイ
「ああ」と息のむスペイン語のことば

ハッピー・バースデイ

ひいふうみ
ゆびおって
四ツ。

四ツ世のなか
とおって
五つ。

拳が一ツ。

きみの五歳の
誕生日。
きょうからは数える、
歳を
拳で。

帽子から電話です

おるすばんをしているときだった。

とつぜん、電話がなった。

きみは、いきなり電話がなっても、へいきかい。

ぼくは、だめだ。ぼくは、電話がかかってくると、いつもびっくりしちゃうたちなんだ。電話って、いつもとつぜん、約束なしにかかってくるだろ。だから、その日もぼくは、電話にでなかった。

電話はずいぶん長くなりつづけた。けど、耳をふさいで、じっとしてたんだ。

ほんとういうと、ぼくは、いままで、じぶんで電話にでたことなんかない。ぼくのほかだれもいないとき、一どだけ、電話にでた。

「だれもいません」

それだけいって、ガチャンと切った。あとで、買いものからかえってきたおかあさんにそういったら、わらわれた。

「だれもいなかったら、だれも電話にでるはずないでしょ」

それからはもう、電話にはけっしてでないことにしたんだ。

ところが、その日は、そううまくゆかなかった。一どなりやんだとおもった電話が、すぐまたなりだしたんだ。まえよりもっと、かんにさわる高い音で、だ。

しつこいぞ。まだなりつづけてる。頭にきた。大声でどなった。

「だれが電話になんかでるものか」

するど、電話はぴたりと黙ってしまった。いい気もちだった。ざまあみろ。そういおうとした。と、とたんに、また、なりだしたのだ。

ええい、くそッ。しかたないや。ぼくはおもいきって、電話をとって、うんとつめたい声で、いってやった。

「もしもし、どなたですか。いまはだれもいません。ぼくはおるすばんです」

電話のむこうの声は、ひどくへんな声だった。いままできいたこともないような声だった。よくききとれなかった。もう一ど、きいた。

「もしもし、どなたですか」

こんどは、はっきりときこえた。

「帽子だよ」

「帽子?」

「そう、帽子だよ。きみはあっちゃんだね。いまひとりでおるすばんかい。ぼくはね、あっちゃんのおとうさんの帽子だよ。ほら、青いシマシマの帽子だよ」

へんだ、とぼくはおもった。おとうさんの青いシマシマ帽子なら、もちろん、ぼくだって知っている。おとうさんは帽子がすきだ。青いシマシマもようの鳥うち帽子が、とくに気にいってる。おとうさんはいつも家にいて、部屋でむずかしい仕事をしている。本を読んだり、字を書いたり、腕ぐみしてかんがえこんだりする仕事だ。そして仕事につかれると、いつも、お気にいりの青いシマシマ帽子をかぶって、街にコーヒーをのみにでかける。

でも、おかしいな。おとうさんの帽子なら、おとうさんの頭のうえにのっかってるはずじゃないか。

「もしもし、あっちゃん、きいてるのかい」

「きいてるよ」

「おとうさんはまだかえってないだろ」

「かえってないよ」

「かえってきたら、いってくれよ。きみのおとうさんは、ぼくをコーヒー屋のテーブルのうえにわすれて、ひとりでかえっちまったんだ。ぼくはひとりぼっちでこまってる。だから、早くとりにきてくれって。わかった？」

「わかった」

「じゃ、よろしく」

帽子からの電話のことは、おかあさんには黙っていた。またわられたら、いやだもの。しばらくすると、おとうさんがかえってきた。

「あッ」

おとうさんの頭のうえをみて、ぼくはおもわずさけんだ。

「おとうさん、青いシマシマ帽子、どうしたの」

おとうさんは、あわてて、頭のうえに手をやった。帽子はなかった。

「しまった。どこかにわすれてきた。どこだろう。こまったな」

「ぼく、知ってるよ」

「あっちゃんが？　どうして」

おとうさんは、うそをついてはいけないよというような顔をして、ぼくをみた。そこで、ぼくは、おとうさんの帽子から電話がかかってきたこと、わすれられた帽子がいまひとりでこまっていることを、話してあげた。

「でも、帽子がひとりで、電話をかけられるかしら」

おかあさんには、かなわない。やっぱりまた、わらわれてしまった。おとうさんは、かんがえこんだ。

「いや、あの青いシマシマ帽子は、かしこい帽子なんだ。ともかくあした、帽子をとりにいってこよう」

おかあさんにはわらわれたけれど、帽子からの電話は、やっぱりうそじゃなかった。帽子はつぎの日、おとうさんの頭のうえにちゃんとのっかって、ぶじかえってきた。

ところが、帽子のやつ、家にかえってきても、ひとこともぼくにあいさつしないんだ。まるで口をきかないんだ。かえってきたおとうさんが、帽子を玄関の帽子かけにおいたら、それっきりすましこんで、

「ねえ、帽子くん。帽子くんたら、帽子くん」

いくらぼくが話しかけても、帽子かけにぶ

らんとぶらさがったきり、なにも話しやしないんだ。失礼だよ。だって、ぼくは、でたくもない電話に、わざわざでてやったんだぜ。あいさつぐらいしたって、いいじゃないか。

　でも、それから、二日もたたないうちだった。いつものように街にコーヒーをのみにでかけたおとうさんは、また、青いシマシマ帽子をどこかにわすれてきてしまったんだ。おとうさんは、おちつかない様子でかえってくると、いやにあわてて、ぼくの肩をつかんだ。

「あっちゃん、きょう帽子から電話があったかい」

「なかった」

おとうさんがあわてているのをみると、かわいそうだとおもったけど、ほんとうに帽子から電話はなかったんだ。それに、ぼくは帽子におこってる。電話がかかってきたって、だれがあんなおすましやの帽子の電話になんか、二どとでてやるものか。

けれど、おとうさんは、いつものおとうさんらしくもなく、

「よわったな。よわったな。あれはね、おとうさんには、とってもだいじな帽子なんだよ。友だちなんだ」

それから、ぼくの耳もとで、ささやいた。

「あの青いシマシマ帽子はね、だれも知らな

いけれど、ひみつの帽子なんだよ」

ひみつ、ときいて、ぼくはとたんにうれしくなった。ひみつって、ぼく、だいすきなんだ。ひみつをまもることは、とっても男らしいことだろ。でも、おとうさんの青いシマシマ帽子がどうしてひみつの帽子かは、きけなかった。なぜって、そのときとつぜん、電話がなりだしたんだ。

「きっと帽子からの電話だぞ」

おとうさんの声が、急に明るくなった。

「あっちゃん、電話をたのむよ。帽子からの電話だったら、おとうさんはまたかってなわすれかたをしたって、帽子にしかられるからね」

　ぼくは、あんな礼儀しらずの帽子なんかと口をききたくなかったけれど、おとうさんのたのみは、男のたのみだ。男らしくきいてあげなくっちゃ。

「もしもし」

「もしもし。あっ、あっちゃんだね。帽子だよ。おとうさんの青いシマシマ帽子だよ。きこえる？」

　帽子の妙ちきりんな声が、電話のむこうからきこえてきた。声がひどくききとりにくい。もともとへんな声なのに、とてもさわがしいところから、電話をかけているのだ。耳のなかがキンキンする。まったく帽子ってやつは、礼儀ってものを知らないんだ。どうしてもっと静かなところから、電話をかけてこないんだろう。

「もしもし、きこえますか。あっちゃんのおとうさんが、また、ぼくをわすれたまんまかえっちゃったのだ。どこにぼくをわすれてったとおもう。駅のホームのベンチのうえだよ。ひどい場所のなんのって、ぼくはもういくどもいろんなひとのお尻で、ぺしゃんこにされちまった。こんなひどいことってないよ。ひどくみじめな気もちだよ。もうがまんできない。たすけてくれ。おとうさんに、早くとりにきてくれって……」

それから、なんだかものすごい音がきこえたかとおもうと、

「ああッ!」

それっきり、電話は、ガチャンと切れてしまった。

「もしもし、もしもし」

ぼくはびっくりして、あわててよびかえしたけれど、切れた電話からは、妙ちきりんな青いシマシマ帽子の声は、もうきこえなかった。ビーム、ビームという機械の音が、のこっているだけだ。いったい、どうなってるんだ。

おとうさんが、しんぱいそうに、

「あっちゃん、どうした」

「切れちゃったんだ。帽子のやつが、ああッてさけんで、それっきり」

おとうさんの顔が、むずかしい顔になった。

「まずいな。それは、きっと、青いシマシマ帽子がだれかにひろわれちゃったんだ。きっとそうだ。よわったな。よわったな」

おとうさんは、それから、帽子ののっかっていない頭をさむそうにかかえて、いった。

「親切なひとがひろってくれて、遺失物取扱所にでもとどけてくれたのなら、いいんだけれど、そうじゃないと……」

「そうじゃないと？」

「だれかの頭にのっかって、そのままどこか知らないとおくへ、いっちゃうかもしれない」

「知らないとおくって？　東京じゃなくって？」

「……熊本かもしれないし、仙台かもしれない。京都かもしれない。ああ、こんどこそ、もうだめだ」

おとうさんがあんまりがっかりしてるのをみると、ぼくは、なんといってよいかわからなくなった。でも、おとうさんには悪いけど、そんなにがっかりするくらいなら、はじめから帽子をわすれてきたりしなければいいんだ。

けど、だめだな。ぼくのおとうさんときたら、とにかくものわすれの名人なんだ。本を買って、おつりをもらって、本を本屋さんにわすれてくるなんてしょっちゅうだし、オーバーをわすれてきて、あとでとりにゆき、こんどはジャンパーをわすれてきちゃうような、おとうさんなんだ。

でも、青いシマシマ帽子のやつ、どうなっちゃったんだろう。まさか風にふきとばされて、線路におっこちて、電車にひかれて、やぶけちまったんじゃないだろうなあ。

おとうさんはさっき、青いシマシマ帽子はひみつの帽子だっていってたけど、あの帽子がどうしてひみつの帽子なんだろう。礼儀しらずの帽子だぜ。

「どうしたんですか」

おかあさんだ。おかあさんはいつもけっして興奮しないし、どんなにこまったことがあっても、やたらにしんぱいしたりしない。それにくらべると、おとうさんはなんだ、たかが帽子をなくしたぐらいで、よわった、よわった、ばかりいうなんて。これじゃ、男の風かみにもおけないや。

「帽子をなくしちゃったんだ」

「またですか」

おかあさんは、わらった。すぐわらうから、おかあさんはにがてだ。

「わらいごとじゃないんだ」

おとうさんは、ちょっとこまったような声でいった。

「あの帽子はね、とてもふしぎな帽子だったんだ。おとうさんが帽子をかぶってるだけで、帽子には、おとうさんの頭がなにをかんがえようとしているかが、ちゃんとわかった。だから、帽子にきけば、おとうさんがいまなにをしたいか、どこへゆきたいか、すぐにわかったんだよ。だから、あの帽子がなくなると、こまる」

「……知らなかったわ。青いシマシマ帽子って、そんなにすてきな帽子だったの」

　おかあさんが、うらやましそうに、いった。

「そうだろう。ねえ、あっちゃん、おとうさんがいまなにをしたいか、どこへゆきたいか、わかるかい」

「そんなこと、わからないよ」

　おとうさんは、ひどくがっかりしたようだった。だけど、がっかりしたのは、ぼくのほうだぜ。ひみつの帽子だなんていうから、どんなりっぱな帽子かとおもったら、じぶんがいまなにをしたいかをおしえてくれる帽子、だなんて。ちぇッ、そんなこと、じぶんでかんがえればいいじゃないか。

そんな帽子が、すてきな帽子でなんかあってたまるものか。ひみつの帽子っていうんだったら、空をとぶ帽子だとか、ほしいものがなんでもそのなかからでてくるような、かぶってかっこいい帽子らしい帽子をいうんじゃないか。おとなって、いまじぶんがなにをしたいのか、じぶんでわからないんだろうか。さびしい生きものだ。

「わかった」

おとうさんが、低い声で、いった。

「いまおとうさんが、なにをしたいかが、わかったぞ。なにをしたいかをおしえてくれる帽子を、なんとしてでも、みつけることだ」

「そうだわ」

おかあさんも、うなずいた。

「でも、いったい、いまどこに、あの青いシマシマ帽子はあるのかしら」

ぼくはなにもいわなかったけど、ぼくにもようやくそのとき、わかったんだ。なぜおとうさんの青いシマシマ帽子が家にかえってくると、ひとことも口をきかなかったのか。そうなんだ。それは、ぼくの頭のなかが、したいことでいっぱいだったからなんだ。ぼくには、いまなにをしたいかをおしえてくれる帽子なんて、ちっともいらないからだ。

けれども、それっきり、一時間たっても、

二時間たっても、青いシマシマ帽子から、もう電話はかかってこなかった。

一日たった。二日たった。五日たち、一週間たった。どんなに仕事につかれても、おとうさんは、街にコーヒーをのみにゆかなくなった。おかあさんまで、あんまりわらわなくなった。

ただぼくだけだ、毎日毎日、したいことをするのにいそがしかったのは。することは、いっぱいあった。となりの家の猫のしっぽをつかまえてふりまわしたくて、夕がたまでもねばったし、模型の飛行船もつくらなくちゃいけなかったし、『少年探偵団』だって、一冊まるまる読んだんだ。あたらしい漢字だって、五つもおぼえた。

そして、そうやって、ちょうど青いシマシマ帽子の電話が切れてから、十日たった日の、真夜中のことだった。

草木もねむるうしみつどき、だ。とつぜん、電話がなったのだ。ぼくはびっくりして、目をさました。おとうさんもおかあさんも、あわてて、とびおきてきた。

「だれだろう。こんな時間に電話をかけてくるのは」

「礼儀しらずね」

でも、ぼくにはすぐわかった。帽子だ。あ

の礼儀しらずの帽子じゃなければ、いったいだれがこんな礼儀しらずの時間に、とつぜん電話をかけてきたりするものか。

おとうさんとおかあさんが、しんぱいそうに、顔をみあわせた。

「帽子からの電話じゃないのか」

おとうさんがいった。それは、つまり、ぼくに電話にでろ、という意味だ。まったくおとなって、ずるいや。

「もしもし、もしもし」

「ヘロー、ヘロー」

電話のむこうからきこえてきたのは、やっぱり、あの妙ちきりんな青いシマシマ帽子の声だった。帽子の声は、いままでの電話のときより、もっと妙ちきりんだった。なんだかとおくなったり、ちかくなったり、それでいてへんに陽気なのだ。おまけに、気どって、英語なんかつかってる。

「もしもし、もしもし」

「ヘロー、ヘロー。あッ、あっちゃんだね。こちら、帽子。おぼえてるだろ、おとうさんの青いシマシマ帽子だよ。げんきかい」

ひとを真夜中にたたきおこしといて、げんきかいとは、いったいなんのまねだ。頭にきた。つけあがるな。ぼくは、大声でどなった。

「ふざけるな。いったい何時だとおもってるんだ」

のんびりした声がもどってきた。

「もしもし、こちら、帽子。こちら、ニューヨーク。ぼくはいま、ニューヨークにいるんだ。もしもし、あっちゃん、きこえますか。

ぼくはいま、ニューヨークの港のなかのちいさな島にたっている、おおきな自由の女神の頭のうえにいる。もしもし、きこえますか。ぼくはいま、アメリカのニューヨークの、自由の女神の、頭のうえにいる。もしもし、もしもし……」

「おとうさん、帽子のやつ、いまニューヨークだって。自由の女神の頭のうえにいるんだってさ」

「ニューヨークですって」

おかあさんがいった。

「自由の女神のうえにいるんだって」

おとうさんがいった。

そしてそれっきり、おとうさんもおかあさんも、ひとことも、口をきかなかった。

「ヘロー、ヘロー……あっちゃん、ヘロー、ヘロー……」

帽子の電話の声は、陽気に、のんびりつづいていたが、しだいに、雑音がはいって、ききとりにくくなり、それから、とうとう雑音だけになって、きこえなくなってしまった。

それが、青いシマシマ帽子からぼくにかかってきたさいごの電話だった。

じゃあ、おとうさんの青いシマシマ帽子をひろったのは、アメリカのひとだったんだ。そうだ。それで、帽子は、そのひとの金いろの髪のうえにのっかって、ニューヨークまでふいーッといってしまったんだ。おとうさんだけじゃない。アメリカのひとも、きっと青いシマシマ帽子がほしかったんだ。でも、どうしてあんな、いまほんとうになにをしたいか、なにをしなくちゃいけないかをおしえてくれる帽子なんか、みんなほしがるんだろう。ぼくはいらない。

ニューヨークは、熊本よりも、仙台よりも、京都よりも、もっととおいところだ。おとうさんは、いまでも、こまった、こまったをくりかえしているけれど、そんなにとおいところにいってしまったんじゃ、青いシマシマ帽子がおとうさんの頭のうえにのっかることは、もう二どとないだろう。

しばらくして、ニューヨークから、航空便で、一まいの絵はがきがとんできた。

自由の女神の絵はがきだった。

自由の女神は、あのおとうさんの青いシマシマ帽子をふかぶかとかぶってすましこみ、片手にたいまつをかかげて立っていた。

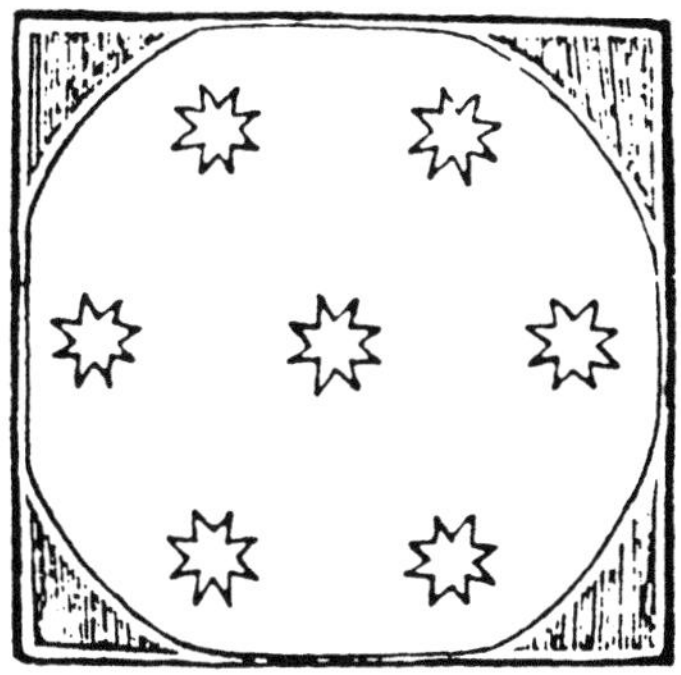

虫歯

モミの木とは、ずっと競争だった。最初の年は、もちろんきみの勝ちだった。モミの木は、きみの膝ぐらいしかなかった。次の年も、きみの勝ちだった。木はきみの腰までもとどかなかった。その次の年も、またきみが勝った。だが、モミの木は、もうきみの胸まで追いついてきていた。

モミの木は、六歳のクリスマス・イヴにもらったクリスマス・ツリーだ。豆電球がやたらとピカピカ瞬いて、銀紙でつくった靴下が二つ、針金で枝にしばってあった。靴下のなかには板チョコが二枚、そしてウイスキー・ボンボンが五コ。ボンボンは、はじめてだった。甘すぎて、奇妙な味がした。それがいけなかったのだ。夜中になって、虫歯が痛みだした。歯医者さんにゆくには、遅すぎた。それに、今日はクリスマス・イヴだった。

　サンタ・クロースさん！　トランプも、模型のヒコーキも、みんなあきらめます。だから、虫歯の痛みをとってください！　目をつぶったまま、きみは泣いて叫んだ。すぐにサンタ・クロースがやってきたのがわかった。

サンタ・クロースの太い指が、きみの痛い歯にそっとさわったのだ。たちまちものすごく苦い匂いが、口いっぱいにひろがってきた。何の匂いだろう。舌が焦げつくようだ。だが、ふしぎなことに、痛みはそのままどこかへいってしまった。

次の朝、枕のしたに、サンタ・クロースの贈りものをみつけた。苦そうな黒い丸薬の、たくさん詰まった罎。みているだけで、口のなかが苦くなって、焦げてきそうだ。罎には「正露丸」と書かれていた。クリスマス。毎年、贈りもののたのしい日がやってくる。だが、あとにもさきにも、あんな苦い贈りものをもらったことは、二どとない。そのクリスマスに、そのちっぽけなモミの木を、庭に植えたのだった。

モミの木は成長の早い木だ。四年めに背くらべに負けてからは、ずっとモミの木の勝ちだった。モミの木はぐんぐんと伸びつづけて、ほとんど屋根の高さにまで、あッというまに伸びた。その高い枝に、よくみると、ちいさなおかしなものがぶらさがっている。色褪せた銀紙のちいさな靴下だ。モミの木が屋根の高さになったとき、きみの家はそこから引っ越した。モミの木がいまでも無事だろうかと、ときどきかんがえる。高い枝には、いまもまだ銀紙の靴下がぶらさがっているだろうか。

もしぶらさがっていたら、その靴下の底には、六歳のきみの幼い虫歯が一本、いまもまだきっとあるはずだ。

滑り台

短いハシゴをぐいぐいと登る。台のうえにすっくと立つ。それから、息をつめて、きみは一気に滑りおりる。滑り台には、ふしぎにこころをさそう何かがある。滑りおりたら、またすぐ駆けもどって、ハシゴを登る。

幼いころ、きみはハシゴの段を、早く一段おきに登れるようになりたかった。できるだけ早くハシゴを登って、滑り台の台のうえを、じぶんだけのものにしたかったのだ。滑り台の台のうえは狭い。そこは一人だけの場所だ。狭い台のうえに立って、くるりと身体をまわす。じぶんが急に巨人になったような気がする。素敵だ。それから、ふりむいて、こころをあつめて、一瞬のうちに滑りおりる。巨人の殻をやぶって、きみはほんとうのじぶんのおおきさになって、弾けるように滑りおりる。

着地はむずかしい。滑りおりたそのときには、もう身体をまっすぐにして、ぴしッと立っていなければならない。カタパルト飛行機みたいに、勢いよく飛びだすだけでは、だめなのだ。まえにのめって、よろけて転倒して、地面に顔をなぐられるのは、ぶざまだ。滑って、下りる。それだけのことなのに、それだけのことが簡単にはできない。下手に滑ったら、途中でつかえる。滑りすぎると、尻が熱くなってくる。バランスをくずすと、蛙みたいに、滑り台を飛びだしてしまう。

完璧な滑りは、十どに一ど、あるかないか、だ。完璧な滑りで滑りたくて、いくどもいくども、おもわず繰りかえしてしまう。単純で、誰にでもできるし、何の用意もいらないし、いくら滑っても、けっして飽きない。滑り台の、そんな何くわぬたのしさが、きみはとても好きだったのだ。

いうこともすることも、どこか突拍子もなくて、おかしくて、にくめない。何をどういわれても、うまく切りかえすことでは、一休さんの次ぐらいだったから、二休というあだ名を、密かにつけた。ひょうきんで、ふざけもので、舌で鼻にさわることができたし、耳を動かすこともできた。先生に何か注意されると、きまって耳を動かした。先生はたまらなくなって笑いだす。

のべつ冗談をいい、だじゃれを飛ばし、またそれが、みごとに決まった。音楽の時間には、ドビュッシーの好きな先生に、プレスリーをどうおもうか、質問して困らせた。卓球と跳箱がうまく、逆立ちしたまま、階段を上ることもできた。だが、高校までずっと一緒だったのだが、きみは二休とは親しい友人だったとはいえない。

一ど、高校のとき、夜遅く映画のかえりにおもいがけない場所で、二休をみかけたことがある。誰もいない夜の児童遊園で、だ。砂場に一人うずくまって、二休が、黒い制服のまま、一心に穴を掘っていた。夜一人きりで、砂場で高校生があそんでいるなんて、異様だ。声をかけるのがためらわれた。そこに埋められた宝でもあるみたいに、二休は黙々と穴を掘り、そしてふッと立ちあがると、児童遊園をでていった。砂場に、穴がのこっていた。そっと腕をいれてみた。何もなかった。穴は深く、からっぽだった。

いまでも遊園地の砂場をみると、二休の掘った、深いからっぽの穴をおもいだす。夜の砂場で真剣な顔で穴を掘っていた、いつもは陽気なおどけものだった二休をおもいだす。それからの、二休の記憶はない。二休のうわさを聞いたのは、もうずっと後になってからだ。二休は、やっぱりそれからもひとを笑わせながら、いつもはしゃぎ屋のままに、むしろ平凡な日々をおくったのだったらしい。しかし、あれからもきっと、二休はこころに、深い穴を掘りつづけていたにちがいない。

ある日突然、二休は、たった一人で、高い橋のうえから川原に飛び下りた。そうして、二どとひとを笑わすことのない人間になった。

夏の物語——野球——

掴む。
滑る。
砂煙があがる。
倒す。倒れる。
どよめく。
沸く。
燃える。
ギュッとくちびるを噛む。
苦しむ。焦る。つぶされる。

　　　どこまでもくいさがる。
　　どこまでも追いあげる。
どこまでも向かってゆく。
波に乗る。拳を握る。
襲いかかる。陥れる。
踏みこむ。真っ二ツにする。
盗む。奪う。
　刺す。
振りかぶる。構える。
　　投げおろす。打ちかえす。
叫ぶ。叫ぶ。
跳びつく。駆ける。
　　駆けぬける。

深く息を吸う。引き締める。
かぶりを振る。うなずく。
狙う。睨む。脅かす。
浴びせる。崩す。切りくずす。
むきだしにする。引きつる。
踏ンばる。
顔をあげる。腰を割る。
粘る。与える。ねじふせる。
投げる。
打つ。
飛ぶ。
走る。
見事に殺す。

なお生きる。生かしてしまう。
　　付けいる。
　　追いこむ。
　　　突きはなす。
　　　手をだす。
　　　　見逃す。
読む。選ぶ。
黙る。
黙らせる。目に物みせる。
意気地をみせる。思い切る。
叩く。突っこむ。死ぬ。
　（動詞だ、
　　野球は。

すべて
動詞で書く
物語だ）
あらゆる動詞が息づいてくる。
一コの白いボールを追って
誰もが一人の少年になる
夏。

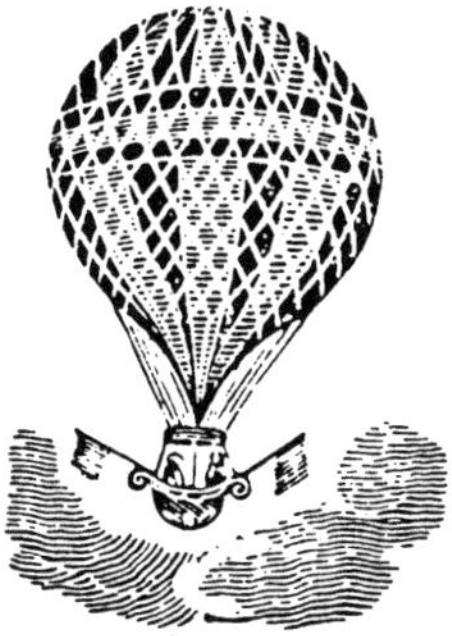

それは

それは窓に射す日の光りのなかにある。
それはキンモクセイの木の影のなかにある。
それは日々にありふれたもののなかにある。
Tシャツやブルージーンズのなかにある。
それは広告がけっして語らない言葉、
嘘になるので口にしない言葉のなかにある。
それは予定のないカレンダーのなかにある。
時計の音が聴こえるような時間のなかにある。
誰のものでもないじぶんの一日のなかにある。

それは、たとえば、ちいさなころ読んだ
「シャーロットのおくりもの」のなかにある。
あるいは、リンダ・ロンシュタットの
スペイン語のうつくしい歌のなかにもある。
名づけられないものが、そのなかにある。
それが何か、いえないものがある。

モーニング・カップ

朝の一握りのコーヒー豆、
朝の古いコーヒー・ミル、
朝の真ッ白なコーヒー・カップ、
朝の懐かしい匂い。

朝のコーヒーの最初の一口、
朝の一人の自分、
朝の一本の煙草、
朝の窓からの路上の眺め。

朝の新聞の死亡記事、
（ぼくはまだ、死んでいない！）
もう一杯、朝の熱いコーヒー、
もう一日、毎日のはじまり。

タンポポのサラダ

タンポポの葉を摘んできた。
やわらかな葉を一枚一枚、
水で洗ってよく水気を切った。
ゆで卵を一コみじんに切って
オリーヴ油と酢に、塩と
胡椒をくわえて、ソースをつくった。
それから、ベーコンを切った。
ちいさなサイコロのかたちに切った。
フライパンを火にかけて

油は入れずに、かりかりに炒めた。
そうしておいて、タンポポの葉と
ソースとをさっくりとあえる。
クレソンもわすれちゃいけない。
サラダ・ボウルに盛りつけて
かりかりのベーコンをさっと散らした。
「ライオンの歯」のサラダである。
「ベッドのオシッコ」のサラダである。
人にも議論にもつかれて
めざめる朝がある。
一人の朝のためのサラダである。
どこへでも飛んでゆきたくなる。

世界で一番おいしいパンケーキ

ポール・バニヤンのパンケーキは
世界で一番おいしいパンケーキで、
世界で一番おおきな重たい斧で
世界で一番高い樹を伐らねばならぬ
世界で一番深い森の樵夫のポールが、
世界で一番辛くて長い仕事を終えて、
世界で一番すてきな日曜日の朝に
世界で一番汚れた頭を天国で散髪し、
世界で一番のドタ靴を地獄でみがいて、

世界で一番古い椅子にどっと坐って
世界で一番なじんだ木のテーブルについて、
世界で一番働いた大男のために
世界で一番息のきれいな女房のキャリーが、
世界で一番めずらしい卵の木にみのった
世界で一番真ッ白な卵の実を一ツ摘みとって、
世界で一番新鮮な卵を割って、ホイップして
世界で一番すばらしい日の光り一つまみと
世界で一番よくふるった小麦粉を混ぜあわせ、
世界で一番明るい台所で、ありったけ
世界で一番たいせつな知恵を働かせて、
世界で一番使いこんだフライパンで焼きあげた
世界で一番つつましいパンケーキ。

「吾輩は猫である」

ベスト・フレンド

すばらしい髭もない
ぴんと鋭い耳もない
長いみごとな尻尾がない
爪だっても立てられない
暗闇をみることもできない
　どんなんだい？
何もないって？

きみはニンゲンだ
ぼくはねこだ

追いかける　恋したら
怒ったら　毛を逆だてる
疲れたら　咽喉ならして眠る
一日はいつもすてきだ
涙をどッとこぼしたりしない
どんなんだい？
悲しいって？
きみはニンゲンだ
ぼくはねこだ

ニンゲン
さびしいんだね
ぼくはここにいる
微笑んでください

きみはねこの友だちですか？

一ぴきのねこと
友だちになれたら
ちがってくる　何かが
もっと優しくなれるかもしれない
ねこは何もいわずに語る
はげしく愛して
ゆっくり眠る
きみはねこの友だちですか？

胸のドアを開けなくちゃ

ねこが　きみの
こころにはいれるように
胸のドアを開けなくちゃ

一ぴきのねこと
友だちになれたら
ちがってくる　何かが
もっと自由になれるかもしれない
ねこは生きたいように生きる
ゆきたいところへ
すばやく走る
きみはねこの友だちですか？

胸のドアを開けなくちゃ
ねこが　きみの
こころにはいれるように
胸のドアを開けなくちゃ

忙中、猫あり

気がせく。気ぜわしい。まだしていないことがあり、しなければならないことがある。頭をかかえ、猫の手だって借りたいとおもって、ふっと目をあげると、猫がゆったりとそこに寝そべって、とても静かな目できみをみている。その気づかわしげな二つの目をみると、忙しさにかまけて、きみはついついわすれていることをおもいだす。猫の手を借りてまで、忙しさを生きようなんて、どだいまちがっている。

猫はいつだって、じぶんの時間というのを、じぶんにもっともふさわしいしかたで身にもって、日を過ごしている。いつもいま、ここにおなじ毎日をともにしていながら、猫はすこしも気ぜわしく生きていないし、無聊にくるしみ、退屈をもてあましてもいない。ひととおなじいま、ここを生きていて、ひとの毎日の気のせくばかりの時間とはまったくべつの時間、アナザー・タイムをたくさんもって、やわらかに生きている。

どれだけたくさんのアナザー・タイムを、いま、ここにたもち、毎日を生きられるか、それがどんなに大切か。ただそこにいるだけで、猫はきみに、そのことをはっきりとおもいださせてくれるのだ。忙中、猫あり。

シマシマ模様の疑問符

きみが北アメリカのちいさな大学町で暮らしていたとき、迷いこんできたアライグマをかわいがってそだてていた友人がいて、晩秋のある日、黄葉の散り敷いた林の奥の友人の家を、きみは訪ねたことがある。

アライグマはひょうきんで、気のおけない愉快な仲間といった動物で、きみはそのときアライグマが大好きになった。アライグマは、シマシマの太くて長い尻尾が、とてもすてきだ。デイビー・クロケットのかぶっている帽子。あの帽子の後ろに垂れているのが、アライグマのシマシマ尻尾だ。

アライグマのようなシマシマ模様のいい尻尾をもったねこと暮らす。それがそれから、ねこの好きなきみのささやかな希望になった。だから、アライグマのような立派なシマシマの尻尾をもったねこが、突然ほんとうにきみの家にやってくることになったとき、きみはうれしさのあまりにうろたえた。しかしもっとうろたえたのは、きみと暮らす羽目におちいったねこのほうだったのかもしれない。

それは、どこかしらまだ武蔵野の記憶をの

こしている古い街道沿いの家に生まれたキジねこで、一にぎりの雑木林をなわばりとする、なかなかのねこを親としてそだったので、きみの家につれられてやってきた途端、なんと理不尽なことかとばかりに、みごとなシマシマ模様の長い尻尾をひるがえすと、さっと机の下にもぐりこんで、それっきり一週間、一歩もでてこなかったのだ。

やがてきみたちは、日々のもっともよき親友になったけれども、ジンジャー（焼きすぎのジンジャー・ケーキにそっくりの毛の色から、ジンジャーという名になったのだった）は、さすが武蔵野名ごりの雑木林ねこの血すじはあらそえず、意地っぱりで、甘えがなく、用心ぶかく、気にいらない扱いは断固として、けっして受けつけない。誰からもつねに一歩の距離をおくというのが、ジンジャーのやりかたで、その姿勢をみじんもゆずらなかった。

はっきりと好き嫌いをもち、煙草と風船と、サングラスと自動車が大きらいだった。鋭い音をたてるものは何でもきらい。だが、タイプライターは、活字がとびあがるから好きだ。じぶんの気に入りの椅子がちゃんときまっていて、そこに誰かが坐ることを極端にきらった。ＴＶに興味がなく、レコードをかけても、歌ならば（ただしロックにかぎる）部屋にいて耳をそばだてるのだが、交響曲、それもブラームスでもかけようものなら、立ちあがって、さっさと部屋をでていってしまう。本と鏡には、いっさい関心をもたなかった。

ねこ一倍、自尊心がつよく、食事どきには食卓にちかづこうとしない。ひとの食べているものをねだることを、潔しとしないのだ。魚がきらいというのではないが、無類の肉好きだった。それも骨付き肉だ。犬でもないのに、大腿骨を齧るのがやたらと好きなのだ。それと、細い葉の草だ。夏のあいだに、風知草をぜんぶ齧ってしまうので、みるもあわれな始末になる。ただ、手はかからず、一どだって粗相をしたことがない。

覚えなくちゃいけないことは、一どで覚える。そのうえ、負けずぎらいだった。ケンカに負けたことがなく、傷を負ったことがない。ねこのくせに、かわいげで生きるのは、まっぴらといわんばかりだ。ハンティングは、ジンジャーのもっとも得意とするところで、一夏にセミ十余匹、カマキリ十余匹、カブトムシ一匹、子スズメ二羽、トカゲ二匹、ヤモリはかぞえるまでもなく、毎日。子ネズミも一匹。夜にかなりの遠くまで遠征してきては、遠征の成果をわざわざくわえてはこびこみ、外の窓下あたりにこれみよがしに置いておくので、朝になると、誰かがきまって声をあげることになる。

どうあっても生きているおもちゃでなくて、部屋のなかでじゃれたり、ひとの膝にのって抱かれたり、眠るときにベッドにもぐりこんできたりといったことは、いっさいしない。変わっているといえば変わっているのだが、家のなかでは、ひとのいるところしか好きじゃない。誰もいない部屋は、いやなのだ。いまここにいたかとおもうと、もう外にでているといったふうなのに、外からかえってくると、かならずひとのいる部屋にもどってくる。ひとがいないと、安心しない。話し声が聞こえている場所に身をおいて、何も聞いていないふりをして、じつはしっかり聞いているから、油断できない。

なにしろシマシマ模様の長い尻尾をもつねこなのだ。きみが名まえをよぶと、ジンジャーは鳴いて返事をするか、あるいは、長い尻尾をバタバタとおおきく振る。歩くときは、シマシマの長い尻尾を高く立てて、歩く。その立てた尻尾のかたちというのが「?・」。目をやると、いつでもどこかに、シマシマ模様のクェスチョン・マークがみえる。ジンジャーは、疑問をいっぱいかかえこんで毎日をおくっているきみに、いかにもふさわしい日々の仲間だった。

苦労したのは、出入り口だ。フィンランドの松の木でつくったきみの家には、引き戸はない。ぜんぶ木のドアで、いつでもすこしだけ開けておくというわけにゆかないし、また開けたままにしておいて、ドアが突然に閉まって、ジンジャーの優雅なる疑問符がちょんぎれたりしたらさらにコトだしと、さんざんに案じたあげくに、きみがおもいだしたのが、北アメリカの南の端の町キー・ウェストのヘミングウェイの家のねこのドアだ。ねこを愛し、いつもねこたちと暮らしていた『老人と海』の作家は、おそろしく堅い木のドアの下に、さらにちいさなねこたちが自由に出入りするためのちいさなドアを、くりぬいてつくってやっていた。

　幼いころ、ミシガン湖ちかくのヘミングウェイの家のドアには、ステンドグラスのはいった厚くて重いドアがあって、ある日、すごい大風が吹いたとき、開いていたそのドアがバタンと閉まった。そのときちょうど、そこをとおりぬけようとしていた少年のねこが逃げきれずに、長い立派な尻尾がドアにはさまれて、ちょんぎれてしまったのだ。ねこはポーチの椅子で悲鳴をあげ、立派な尻尾だけが、厚くて重いドアの内がわにのこされたままになった。

ヘミングウェイの父親は医者だったから、すぐに応急手当して、ねこはやがて元気になったけれども、ドアにはさまれて立派な尻尾を失くしたねこのことは、少年の記憶に、終生のこる。ヘミングウェイの家のドアのねこの出入り口をおもいだして、大工さんに声をかけたのだが、こんどは大工さんが首をかしげてしまった。犬小屋ならともかく、ねこのためのスウィング・ドアなんて、いままで一ども手がけたことがない、というのだ。

頭をかかえこんだきみの、シマシマ模様の疑問符のついた難問を、おもいがけずあっさりと解いてくれたのは、十年来夏に会っていっしょにウナギを食べる約束をしている、古い友人だった。英国製のねこのためのドアというのがとても巧くできていて、友人のところではいたく重宝しているとおしえられて、さっそく輸入先にとんでいった。息子がむこうにいて仕入れて、おやじがこちらでちいさな店をやっている。そこでやっと、長い尻尾をもつねこのためのドアを、きみは手にいれて、大工さんにドアの下にとりつけてもらったのだが、大工さんがウーンとうなったほど、それは確かにうまくかんがえられたねこのためのドアだった。

レイラー社の特許で、その名もステイウェル7という、二重枠になったマグネット・ドアで、キャッチフレーズがいい。

ねこと飼いぬしたちに

よりいっそうの自由を！

看板にいつわりなしだった。ねこのためのドアは、一ども故障したことがない。前足でドアを押しあけ、身をくぐらせて、ねこが外にでてゆくと、マグネットのドアが、バッタンと閉まる。その新しいドアは、いたくジンジャーの気にいった。なにしろ、じぶんだけの出入り口と、よりいっそうの自由とを、手にいれたのだ。

ねこも、人間も、おなじだ。自由とは、じぶんの自由な出入り口をもつということ、そして、大事な疑問符をけっしてちょんぎったりせずに、身にもちつづけるということだ。アライグマのようにみごとなシマシマ模様の尻尾をもった愛すべき日々の仲間と暮らすようになって、きみがいまさらに知ったのは、人間にはない尻尾というものの、不思議にゆたかな魅力だった。誇り高いジンジャーのシマシマ模様の疑問符が、日に日に太くなってゆけばゆくほど、尻尾のない人間であるきみは、ますます確信するようになった。尻尾がないのではない。人間は、尻尾をいつかしら失くしてしまったのだ。

人間は、不完全だ。もしかしたら、人間は、尻尾を失くしたことによって、何かを失くしてしまったままになった生きものなのかもしれない。

キャベツのための祈り

キャベツを
讃えよ。
すべてはキャベツにしてキャベツ、
かつキャベツにしてキャベツにすぎない。
ねがわくは、われらの
キャベツがキャベツにして
正しくキャベツならんことを。
キャベツがキャベツであるごとく
ありふれてキャベツであり

なによりキャベツであり
キャベツにおいてキャベツならんことを。
ねがわくは、われらの
手にキャベツを、
われらにキャベツを、
われらの日々のキャベツをあたえたまえ。
われらのキャベツをキャベツとして
キャベツをして
キャベツたらしめたまえ。
かくてキャベツ、
キャベツにほかならぬキャベツを
祝福したまえ。
キャベツはキャベツにしてキャベツ、

かつキャベツのごとく
キャベツなればなり。
キャベツを
讃えよ。
かつてナルニア国をつくりあげた
敬虔な英国の老教授は
キャベツ畑を讃えて言った。
「この畑はね、ただのキャベツ畑だけれど、
きちっと一列にならんで葉をだして、
すばらしいね」

神さまのエレベーター

バルセロナのサグラダ・ファミリア教会は、穴ぼこだらけだ。教会を象徴する四本の尖塔は、さながら天にそびえる食い散らかした巨大なトウモロコシで、塔のてっぺんにいたるまで穴だらけで、閉ざされた壁がない。ガウディという名の建築家の建てたこの風変わりな教会は、建築家が死んで半世紀が過ぎたいまでも、まだのんびりと工事中だ。完成するまで、あと数百年はたっぷりかかる。

どういうわけか、この天に直立するトウモロコシの尖塔には、エレベーターが上っている。そのエレベーターに乗って、地上をぐんぐんはなれてゆくと、眼下に、カタルーニャの宏大な光景が、明るくのびやかにひろがってくる。これほどのびのびとした光景はない。そういいたいが、それどころではない。天までとどこうかという、吹きっさらしの塔の穴ぼこだらけの壁から身をのりだして、足下にひろがる天下の光景を見下ろすなんて、いつこっちが埃りのように風に舞うやも知れやしない。

上りきったエレベーターをでて、一歩二歩、数歩あるいただけで立ちどまって、棒のようになった身体をかかえて、たったいま上ってきたばかりのエレベーターにとびこんで、そのまままっすぐ普請中の地上に下りてきた。天国にずっとちかいところまでいって、もちかえってきたものはといえば、天国にちかくなればなるほど踏むべき足場はずいぶん不確かになるという心細い印象と、いつまで経っても工事中のままの雑然とした現実のほうがよほど性に合うという確かな感覚だけだ。

何のふしぎもないような、ただの乗りもの。それでいて、エレベーターは、とてもふしぎな乗りものだ。たった一つ、まっすぐな世界の乗りもの。あらゆる乗りものが水平な世界しかもたないのに、エレベーターだけは垂直な世界しかもたない。どんな乗りものともまったくちがって、エレベーターは、乗るまえも乗ったあとも、どんな遠くへもけっしてゆかない。ここよりほかのどこへもけっしてゆかず、「いま、ここ」という場所を、ひたすら垂直に上って、下りる。

食い散らかしたトウモロコシのような尖塔をもつ神さまの家のエレベーターに乗って、つまりはそのとき、どこへいったのでもなかったのだ。確かに天国にずっとちかくまでいって、肝を冷やして地上にまっすぐ下りてきたのだが、結局、ここよりほかのどこへいったのでもなかった。未完成のまま、いつになっても完成しないだろう地上に舞いもどっただけだ。神さまのエレベーターは、下に下りるために、上に上るのだ。

パブロおじさんの思い出

誰も信じない、しかし
おじさんはずっと美術館長だった、
スペインのプラド美術館の。

自由なしには、何の傑作もない。
自由を失くした国をでたあとも
おじさんは、幻の美術館長だった。

「僕を任命したのは僕の共和国。

一ども手当を貰ったことはない。
一ども首になったことはない」

誰も信じない、しかし
おじさんは本当にそうおもっていた。
フクロウと鳩と、山羊と牝牛と、

犬と石ッころと太陽と、悪戯と
カタルーニャ語を愛していたおじさん。
おじさんの名は、ピカソだった。

アンナおばさんの思い出

男の子がバグパイプを鳴らしているわ、
女の子がじぶんの花冠りを編んでいるわ、
二すじの小径が森のなかで交わっているのよ、
遠くの野原に遠くちいさな野火。

わたしはあらゆるものを見、あらゆるものをとどめる。
いとおしく優しく、わたしのこころで慈しむ。
ただ一つのものだけ、わたしが知らないのは。
けっしておもいだすこともできないものは。

知恵や強さは欲しくないわ、わたしはけっして。
ただ火のそばでわたしを暖めさせて！
寒いのよ……翼ある、いいえ翼なんてない
何の悦びもない神さまがわたしのところにやってくるから。

ヨアヒムさんの学校

物の見方を、この世界の秘密をおしえてくれる先生なんて、めったにいない。ヨアヒムさんは、物の見方を、この世界の秘密をおしえてくれた、路上の学校の先生だった。

ある日、先生は、地球儀を手に、どこにわれわれの理性があるのか、おしえてくれた。先生によれば、理性は地球のお尻にある。さればば、地球は、そして地球の上のわれわれもまた、じぶんのお尻にある理性を探して、くる日もくる日も自転しているのだ。

きみをささえているのは、日常、きみにいちばん身近なもの。すなわち、靴底だ。きみは靴底なしには、どこへもゆけない。靴底はきみのために、日夜身を磨りへらしているのだ。じぶんの靴底を愛しえぬものは、じぶんの魂をも愛しえぬものだ、と先生はいった。

ヨアヒム先生の路上の学校で、物の見方を、この世界の秘密をまなべ。ヨアヒム先生の学校には試験はない。いつでも誰でも入学できるし、校則も制服もいっさいない。自由しかない。ただし、生徒はつねに、きみ一人だ。けれども、そこには、誰もおしえてくれないことを、すべて惜しまず一対一でおしえてくれる、変わり者の優しい先生がいる。リンゲルナッツ詩集というのが、ヨアヒムさんの学校の名だ。

日曜日

南にひらいた窓をあけて、
うんざりした気もちを放りだして、
古い木の椅子に、身をしずめる。
きれいな時間のほかは、何もいらない。
(きみは、おもわないか?)
世界はたぶん、バラの花と、
「こんにちは」でできてる、と私はおもうな。
(それから、「じゃ、またね」と、灰で)
いつも小文字で詩を書いた

カミングスさんが、そう言ったっけ。
単純でない真実なんてない。
日曜日のきみのたのしみ。
九官鳥に「くたばれ」という言葉をおしえる。
それから「くたばるものか」と言いかえす。

本（1）

物語を読むことはたのしい。物語は出会いだからだ。物語のなかで未知の人に出会う。読んでゆくうちに、その未知の人がいつのまにか、よく知った身近かな仲間のように、もう一人のじぶんのようにおもえてくる。見知らぬ土地、見知らぬ風景が親しくちかよってきて、じぶんがいま、そこを横切っているのだという感覚が、あざやかに、はっきりとかんじられる。じぶんが明るくされるような物語を読むことは、たのしい。

物語は、きみの見知らぬ友人がそこにいる場所だ。物語を読んで、あたらしい友人に出会い、あたらしい経験に出会う。そうして、物語の時間、物語の世界をとおりぬけて、あたらしい友人とともに、じぶんのいま、ここの場所にでてくる。そんなふうに、じぶんとじぶんの場所をあたらしく活々と感受できる物語を、きみは読みたいのだ。きみのじぶんの時間をつくりだすこと。こたえを探してもはじまらない。問いをみつけることからはじめるのだ。

本（2）

本を読むたのしみは、いい友人と話すたのしみに似ている。熱いコーヒーをまえに、ふと手にした一冊の本をひらく。すると、そこにおもいがけない友人がいて、「やあ」と親しく声をかけてくる。いい物語には、いい時間がある。

きみが友人とそこで落ちあうことのできる本。この時代をともにできるような本。物語のなかの友人たちと話しながら、一日のなかに、ゆっくりとしたいい時間をつくるのだ。いい物語を読んだあとは、何かがちがってくる。きみはじぶんのほんとうの感情をみつけることができるかもしれない。

本（3）

退屈をたのしみたい日は、古本屋のある街へゆく。雑然とならぶおびただしい本のあいだをさまよって、知らない時代の知らない本のページに、きみは、風の言葉を探す。

地平線を追いかけている一人の男を見た
ぐるぐるぐるぐる　地平線と男はまわった
私は　心をみだされて
男に　声をかけた

「無駄だよ」と　私は言った
「きみは絶対に――」

「嘘をつけ」と　その男は叫んだ
そして　なおも走りつづけた

忘れられた異国の詩集のなかの、とある二人の男の奇妙な会話。きみは耳を澄まし、微笑する。帰りに、花屋に寄って、クレマチスを買ってかえろう。そして、熱いコーヒーを淹れて、ゆっくりと飲もう。
退屈をたのしむには、花とコーヒーと新しい時間をくれる古い本があれば、いいのだ。

余白の時間

天井が高いこと。暗すぎず、また明るすぎないこと。立ったままならば、よく使いこまれたカウンター、テーブルならば、磨きこんだ古い木のテーブルに、坐り心地のいい木の椅子があること。席はいっぱいだが、群れしているものはいない。誰も寛いでいるが、崩れていない。声は聴こえても、話は聞こえない。ためらわれるほど静かでなく、うんざりするほど騒がしくないこと。つまらない表情をした淋しい男がいないこと。けたたましく笑う女がいないこと。目をあげて、奥行きのかんじられる空間のあること。

そんなことは誰にもどうでもよいことかもしれないし、どうでもいいことであってすこしもかまわない。けれども、そんなどうでもいいとおもえることを大事な約束のように、きみはじぶんにまもる。そうして、暮れてゆく街の雑踏をとおりぬけて、角を曲がって、重いドアを引き、いっぱいにひろがる明るい孤独のなかにじぶんを置いて、気にいった位置をみつける。キリッと透きとおった冷たい酒をまえにすると、やがてゆっくりとこころが澄んでくる。ただそれだけのことだが、ただそれだけでいい。こころというものをまだこの目でみたことはないが、それは目のまえのグラスのなかの透きとおった酒にきっと似ている、ときみはおもっている。

空言、歓ビヲ成サズ。きれいな沈黙でつくられるきれいな余白を、いつも一人のじぶんのうちにたもつこと。

歌

胸の底にストンと落ちて、そのままそこにのこっている。そのときは気づかない。だが、ずっと後になって、突然、あざやかな感覚の旋律としてよみがえってきて、ある感じかたをいいあらわすのに、その旋律しかおもいうかばない。そんなふうに、ずっと胸の底に落ちたままの旋律が、じぶんでも気づかぬうちに、いつかじぶんにとって、とりかえのきかない切実な旋律になっている。

歌はふしぎだ。はじめに歌があるのではない。おもいだされたとき、はじめて歌は歌になるので、そういってよければ、歌というのは、旋律をもった無意識の哲学なんだとおもうな。リクツやゴタクじゃない。おもいだされた旋律にのこっているのは、おそらく世界というものの感じかたをそのとき新しくされたというような、あるはっきりした感覚なのだ。

ひびきあう直観を哲学とするならば、歌は音をもつ哲学だろう。手まわしオルガンやバンジョーやギターやキーボードの音が聴こえる、ひとの声をもった哲学。「ある種の経験、喜びや快楽をつくりだすことについての経験」（ゴルギアス）。ほかにどういっていいかわからない感情を、いっぱいに容れる旋律をもった言葉が、歌だ。きみは好きな歌を、いくつ胸の底にもっている？

ジャズマン

ジャズマンは、サキソフォンを手に、ステージに無造作にあらわれる。黒くおおきなジャズマンは、突然そこにたった一人でいることに気づいて、困ったように、黙ったまま立ちつくす。ジャズマンのがっしりとした身体が、スポットライトにまっすぐに束ねられて、青い長い影をつくる。

ジャズマンは一瞬、やさしいけもののように、じぶんの場所のぐるりを歩いてみる。そして、じぶんの孤立が信じられないというふうに、サキソフォンを口にくわえると、そこから逃れるように、唐突に、最初のフレーズを吹きはじめる。咽喉がふかぶかと音をつかまえたとおもったときには、すでに旋律のずっと遠くまでいってしまっている。

ひとがその場にいると同時に、離れたところにもいられるというのが、どんな感じか、わかるかい？

ジャズマンの姿は、もうみえない。ほのぐらい、あたたかな胎内にひびきあうように、サキソフォンの響きだけがのこっていて、目を閉じると、ふいに楽器としてのサキソフォンの音色が消えさって、音になったジャズマンの声のように、サキソフォンの音色が聴こえてくる。どこまでも声でありつづけようとしているサキソフォン。何か新しいことを、ジャズマンは語ろうとしているのではない。

ジャズマンは、誰もが知っていて誰もがわすれている孤独について、じぶんの言葉で、新しいやりかたで語ろうとしているのだ。奇妙なことに、ひとははげしく語ろうとすればするほど、じぶんの沈黙をますますはっきりとあらわしてしまう。耳を澄ますと、音がみえてくる。ジャズマンの感情の太腿の筋肉が、ピクピクとふるえている。予想しなかった次のフレーズがいきなりあらわれて、そしてまた次のフレーズが、いま、ここにあらわれる。音に否定形はない。即興が、すべてだ。

ひとがその場にいると同時に、離れたところにもいられるというのが、どんな感じか、わかるかい？

そして、ふたたび突然に、ジャズマンはたった一人で、そこにいる。注意ぶかく、しかしとても単純に、そこに立っている。黒いおおきなジャズマンは、黒いおおきな孤独を腕にかかえて、拍手も感動を拒んでいるようにみえる。ジャズマンは、音楽家にいちばん似ていない。ジャズマンは、畑にいる農夫にいちばん似ている。

ライ麦の話

一本のライ麦の話をしよう。

一本のライ麦は、一粒のタネから芽をだして、日の光りと雨と、風にふかれてそだつ。ライ麦を生き生きとそだてるのは、土深くのびる根。一本のライ麦の根は、ぜんぶをつなげば600キロにおよび、根はさらに、1400万本もの細い根に分かれ、毛根の数というと、あわせてじつに140億本。みえない根のおどろくべき力にささえられて、はじめてたった一本のライ麦がそだつ。
何のために？
ただ、ゆたかに、刈りとられるために。

静かな日

目は見ることをたのしむ。
耳は聴くことをたのしむ。
こころは感じることをたのしむ。
どんな形容詞もなしに。

どんな比喩もいらないんだ。
描かれていない色を見るんだ。
聴こえない音楽を聴くんだ。
語られない言葉を読むんだ。

たのしむとは沈黙に聴きいることだ。
木々のうえの日の光り。
鳥の影。
花のまわりの正午の静けさ。

一年の３６５分の１

川を眺めている人がいた
何をしているのか
見えないものを見るように
川の光りをみつめていた

木を見ている人がいた
何をしているのか
懐かしい人に会ったように
木の話すのを聴いていた

人混みで怒っている人がいた
誰も何も聞いていなかった
何を怒っているのか
鋭い声が悲鳴のようだった

電話をしている人がいた
受話器を手にもって
じっと考えこんでいた
じぶんに電話する方法は？

ひとは、ひとにとって
空気のごときものである

暖かな空気、あるいは
冷たい空気のように

空を見上げている人がいた
立ったまま、動かなかった
何をしているのか
空を捜していた

手を働かす

板をカンナで削る。簡単な仕事だが、それがすべての基本だ。板の長さは六尺。その六尺の板は、かならず一気に、まっすぐカンナを通さねばならない。だが、ただそれだけのことが、なかなか容易にはできない。下手をすれば、容赦なく、「なんだ！　鼠のしっぽみたいなカンナ屑をだしやがって！」と、罵声が飛んでくる。それが、大工修業の第一歩だったという。

明治のはじめのころの話だ。どうにか板を削れるようになったらなったで、一日百枚は削れなければ、一人前とみなされない。当時の板はいまとはちがい、手挽きで、きずもあれば、凹凸もはなはだしく、狂いもおおくて、一日に百枚削るとなるとなまなかなことではない。板削りは下ごしらえといって、見習いや若い衆の仕事なのだが、しかし、一生を板削りのみにささげるような腕自慢の職人もいたらしい。

「千枚削り」という異名をとった名人がいたそうだ。どんなにがんばっても、荒ひこむしりとよばれたという粗板削りは、一日二百枚も削れればたいへんなものとされたというから、一日に千枚の板を削るのは、神技にちかい。けれども、名人はひとよりずっとおおきなカンナを使いこなして、至難なことをあたりまえのようにやってのけ、板幅いっぱいに、綿屑のように薄いカンナ屑しかださなかった。板削りの腕は、カンナ屑でわかるのだ。

手を働かすというのは、どういうことか。そのことをかんがえるとき、いつも胸に清々しくおもいだす一冊の本がある。明治の大工職人の心意気を回想した竹田米吉『職人』という本。まだ旧幕の遺風ののこる東京神田の大工の棟梁の家に生まれた少年が、よその棟梁のもとに預けられて、徒弟修業を積む。最初にやらされたのは、もちろん板削りだ。松六といわれる松の六分板を、一日三十枚削るよう、少年はきびしくいいわたされる。

くる日もくる日も、ただ松六削りだ。屋根の裏板にする松六削りは、地味で過酷な仕事だ。朝、仕事にかかろうとすると、松の香りが鼻について、少年はいやでいやでたまらない。目のまえには、これから削らなければならない松板の山。「明けても暮れても松板との格闘だ。硬いもの柔らかいもの、節の生きたのも、流れたのも、目でも腕でも感じるのだ。木心(木質)が、一目で判断がつく。こうして大工は木材になじんでゆく」。

『職人』という一人の生きかたの物語に語られているのは、一人のものの感じかた、考えかたを、日々につくってゆく手の働きだ。少年は仕事を、親方におそわったのではない。松板におそわったのだ。手を働かすというのは、物にまなぶということなのだ。仕事は、為事《しごと》だ。仕える事ではなく、為す事なのだ。いまは、どうか。働くという言葉に、手を働かして物にまなぶという意味が、どれだけ籠められているだろうか。

失くしたもの

I

言葉は　力こめて書かねばならない
じぶんの字で　書かねばならない
じぶんの指で　書かねばならない

誰でも読めるように　言葉を刻むのだ
一画一画　指さきが痛むほど
はっきりと　正確に書かねばならない

言葉が　手わたすための言葉だった
他の人びとにむかって　一字ずつ書く
ガリ版印刷という　手の文化があった

いまはすでに　なくなってしまった
鉄筆も　鉄ヤスリも　蠟引きの原紙も
ローラーも　インキも　ワラ半紙も

いまは誰も　言葉を　心に刻まない
いつも　なくなってしまってからだ
失くしたものが何か　おもいだすのは

II

文字に　面《ツラ》があり　表情があった
それと　体《タイ》だ　線がきれいで
肉付きがよくて　懐ろがあった
高さがあり　肩があり　足があった

圧《アッ》があり　言葉に　力があった
真新しい匂いが　新鮮だった
人間と　おなじだ　呼吸していた
疲れると　擦り減って　汚れた

新聞の活字が　鉛でできていたとき
世界を　言葉で　表現するとは
日々に　種子を播くことだった
植字　植える言葉だったのだ

いまは　根のない　言葉が
一枚の紙のうえに　ただ載っている

III

ブルー・ブラック・インキの　インキ壺
肥後ノ守　分度器　レコードの針

土の校庭　板塀　リヤカー　木の電柱
炭屋　氷屋　曲げ物屋　空き地　抜け道

あるとは　まだあるけれども　ということだ
ないとは　もうまったくない　ということだ

生まれた街で　死ぬ人がいなくなった

じぶんの家で　死ぬ人が少なくなった

十年前　百万羽いた水鳥が　一万羽になった
ないとは　もうまったくない　ということだ

鉢の朝顔　垣の夕顔　友達の家
街を飛ぶ　ツバメ　道ゆく人の　挨拶

砂時計の砂の音

砂時計をいま、ここに置いて、じぶんの時間をいま、ここに置く。砂時計のしるす時のなかには、一人のわたしのもつ時間がある。

砂時計の砂の音は、あまりに微かなので、実際にはほとんど聴こえない。けれども、こころをあつめて、じっと耳を澄ましていると、ふいに周囲がカーンと静まりかえってきて、落ちてゆく砂の音、時の音が、日々の脈拍のように、にわかにはっきりと聴こえてくるようにかんじられることがある。砂は絶えまなしにこころの管のなかを落ちつづけるのだが、過ぎさった時はどこかにいってしまうのではなくて、やがてこころの底に、ゆっくりと静かに盛りあがってくる。

砂時計がはじめてつくられたのがいつで、つくったのが誰かは、知られていない。ただずっと昔には、砂時計の砂は、大理石の粉を葡萄酒で煮詰めてつくったのだったらしい。砂時計の時は繰りかえしでつくられていて、砂の落ちるのがつきたら、引っくりかえす。繰りかえし、繰りかえし引っくりかえす。それだけに砂時計の砂は、固くて重くて、入念にみがかれてよく篩《ふる》われた、しっかりした砂がのぞましいとされるのだが、どんなみごとな砂でも、繰りかえす時をかさねるうちに、たがいに擦れあってやがて細っていって、いつかそうとはっきりとわからないままに、だんだんと早く落ちてゆくようになる。

砂時計がしるすのは、だから、正確な時とはちがう。砂時計の砂の音は、繰りかえすうちにますます早く過ぎてゆくようになる日月、一人のわたしのもつ時間の音だ。いま、ここに、めいめいはめいめいに、じぶんの砂時計を一コずつ、じぶんにもっている。

●「七つのまちがい」は、アイオーナ・オーピー、ピーター・オーピー編『オックスフォード・ナーサリー・ライム・ブック』にもとずく。●「帽子から電話です」は、絵本として刊行された（絵・長新太、偕成社）。●「それは」のなかの『シャーロットのおくりもの』はE・B・ホワイト作（ハーパー・トロフィーブック）。リンダ・ロンシュタットのスペイン語の歌は、『カンシオネス・デ・ミ・パドレ』（エレクトラ／アサイラム）。●「吾輩は猫である」の二つの歌は、東映アニメーション『吾輩は猫である』（監督りんたろう）の主題歌として書かれた（日本音楽著作権協会（出）許諾第八九七二四五二―九〇一号）。●「キャベツのための祈り」のなかのナルニア国の作家の言葉は、C・S・ルイス『喜びのおとずれ』（冨山房百科文庫）による。●「アンナおばさんの思い出」は、アンナ・アフマートワの詩（リチャード・マッケイン訳）にもとずく。●「ヨアヒムさんの学校」のリンゲルナッツ詩集は、『動物園の麒麟』（板倉鞆音訳、国書刊行会）。●「日曜日」のカミングスさんの言葉は、E・E・カミングス「チューリップと煙突」（河野一郎訳）より。●「本（3）」のなかの会話は、スティーヴン・クレインの詩（大橋健三郎訳）。●「手を働かす」は、竹田米吉『職人』（工作舎）による。●挿絵は、本を読むクイーンのトランプをのぞき、H・M・エンツェンスベルガーの編んだ子どもたちの古い歌の本より。

後記

『心の中にもっている問題』は、ほぼ二十年のあいだに書かれたもので、二十年というのは、子どもたちがこの世にやってきて、大人になるまでの、二十年のあいだ、だ。

ひとが心の中にもっている問題、もちつづける問題がある。ひとの年齢というのは、ひとが心の中にもつ問題の数なのだ。

『心の中にもっている問題』は、一冊の詩の本として、一人の父親の言葉の仕事として、まとめられた。経験を交換する言葉を、日々の結び目に、この小年代記は編まれた。

一個の人間になろうとするのが人間、ということを、あらためてかんがえる。こころをくばっていただいた晶文社の中村勝哉氏、原浩子氏に感謝する。

（一九九〇年二月）

長田弘＊主要詩集目録

『われら新鮮な旅人』（一九六五年・思潮社／二〇一一年・definitive edition・みすず書房）
『長田弘詩集』（一九六八年・「われら新鮮な旅人」所収・現代詩文庫・思潮社）
『メランコリックな怪物』（一九七三年・思潮社／一九七九年・晶文社）
『言葉殺人事件』（一九七七年・晶文社）
『続長田弘詩集』（一九九七年・「メランコリックな怪物」「言葉殺人事件」所収・現代詩文庫・思潮社）
『深呼吸の必要』（一九八四年・晶文社／二〇一八年・ハルキ文庫）
『食卓一期一会』（一九八七年・晶文社／二〇一七年・ハルキ文庫）
『心の中にもっている問題』（一九九〇年・晶文社）
『世界は一冊の本』（一九九四年・晶文社／二〇一〇年・definitive edition・みすず書房）
『黙されたことば』（一九九七年・みすず書房）
『記憶のつくり方』（一九九八年・晶文社／二〇一二年・朝日文庫）
『一日の終わりの詩集』（二〇〇〇年・みすず書房／二〇二一年・ハルキ文庫）
『長田弘詩集』（二〇〇三年・自選詩集・ハルキ文庫）
『死者の贈り物』（二〇〇三年・みすず書房／二〇二二年・ハルキ文庫）
『人はかつて樹だった』（二〇〇六年・みすず書房）
『空と樹と』（二〇〇七年・詩画集・画／日髙理恵子・エクリ）
『幸いなるかな本を読む人』（二〇〇八年・毎日新聞社）
『世界はうつくしいと』（二〇〇九年・みすず書房）
『詩はふたつ』（二〇一〇年・詩画集・画／クリムト・クレヨンハウス）
『詩の樹の下で』（二〇一一年・みすず書房）
『奇跡――ミラクル――』（二〇一三年・みすず書房）
『長田弘全詩集』（二〇一五年・みすず書房）
『最後の詩集』（二〇一五年・みすず書房）

著者について

長田弘（おさだ・ひろし）
詩人。一九三九年福島市生。早稲田大学第一文学部卒業。毎日出版文化賞、桑原武夫学芸賞、講談社出版文化賞、詩歌文学館賞、三好達治賞、毎日芸術賞などを受賞。詩集のほか、エッセーに『詩は友人を数える方法』（講談社文芸文庫）、『アメリカの61の風景』『知恵の悲しみの時代』『本を愛しなさい』（ともにみすず書房）、『読書からはじまる』『自分の時間へ』（ともにちくま文庫）、『私の好きな孤独』（潮文庫）、『読むことは旅をすること――私の20世紀読書紀行』（平凡社）など。二〇一五年没。

心《こころ》の中《なか》にもっている問題《もんだい》（新装版《しんそうばん》）

一九九〇年三月二〇日初版
二〇二五年四月三〇日八刷

著者　長田弘

発行者　株式会社晶文社
東京都千代田区神田神保町一―一一　〒一〇一―〇〇五一
電話（〇三）三五一八―四九四〇（代表）・四九四二（編集）
URL https://www.shobunsha.co.jp

印刷・製本　ベクトル印刷株式会社

ISBN978-4-7949-7466-2　Printed in Japan